T0197732

El Bosque Encantado

Historia e ilustraciones de
Gail Bellucci

Copyright © 2023 por Gail Bellucci. 848052

Todos los derechos reservados. Ninguna
parte de este libro puede ser reproducida o
transmitida de cualquier forma o por cualquier
medio, electrónico o mecánico, incluyendo
fotocopia, grabación, o por cualquier sistema
de almacenamiento y recuperación, sin
permiso escrito del propietario del copyright.

Para realizar pedidos de este libro, contacte con:
Xlibris
1-844-714-8691
www.Xlibris.com
Orders@Xlibris.com

ISBN: Tapa Dura   978-1-6698-6127-0
         Libro Electrónico   978-1-6698-6126-3

Información de la imprenta
disponible en la última página.

Fecha de revisión: 12/28/2022

El Bosque Encantado

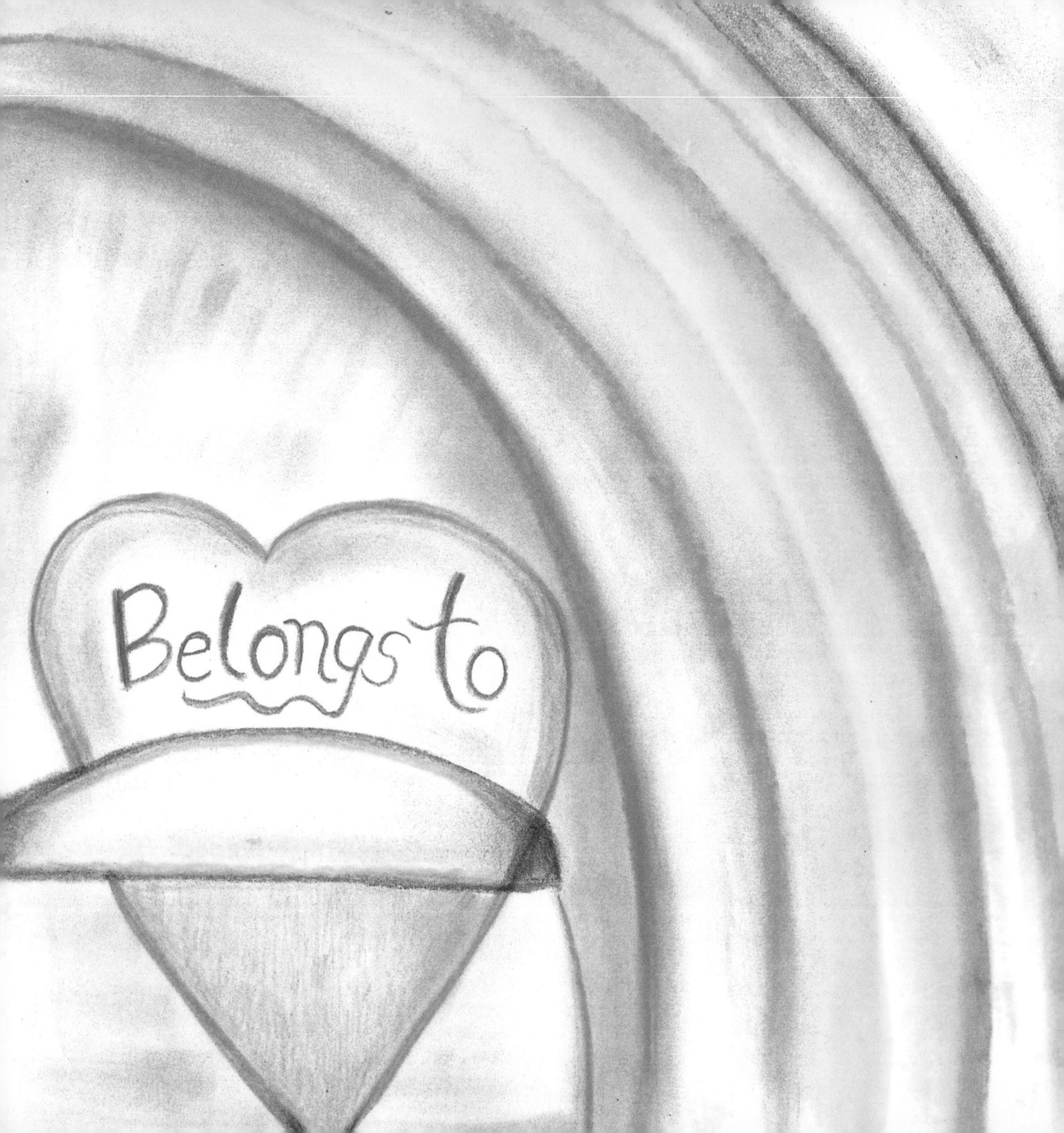
Belongs to

Agradecimientos

Abre una nueva ventana a tu
mundo, usa tu imaginación
y lee cuentos de hadas.

Muchas gracias a James, mi hijo,
quien fotografió mi alfombra de tela.

*H*abía una vez un Bosque Encantado en lo profundo de un lugar mágico. Una dama mágica y sus tres ayudantes corrieron por el bosque. Venían todos los días a ver a todos los que vivían allí. ¡Todos los animales podían verlos y escucharlos venir! Era una dama mágica llamada Flor, a la que le crecieron hermosas flores en la cabeza que olían a lavanda. Detrás de ella estaban sus ayudantes: Ariel, Athena y Aura. Quienes la siguen todos los días al bosque para ayudar todos.

FUE MÁGICO!!!!!

*C*omencemos con los amigos en el bosque.

El primer lugar al que fueron se llamaba "La Colina". Los insectos que vivían allí hacían túneles todo el día en busca de gusanos y larvas para comer. Flor les gritaba: "Oh, ¿están en sus flores?" Ellos respondieron: "Sí", estamos cansados de buscar comida. Estamos tomando una siesta. ¿Nos estás controlando? "Sí", respondió Flor.

"De acuerdo", respondió Rojo, el insecto, sentado en su trono con su amigo llamado Rostro Humano. "Hablaremos contigo pronto".

Flor y sus ayudantes vinieron a ver cómo estaban sus amigos en el bosque. ¡Vaya, estas flores son hermosas! Traje a mi pájaro mágico, Apolo, conmigo. Está en camino para ver cómo sus amigos están jugando en el arcoíris. Él detendrá cualquier discusión con los otros pájaros. Tenemos que irnos ahora. Seguiremos nuestro camino.

De repente, Flor escuchó, "aye, aye, aye,". Y pensó: "¿Qué es eso que hace todo ese alboroto?" Escucharon: "¡Estoy atrapado entre estas enredaderas! ¿Me pueden ayudar?"

"Por supuesto, mis ayudantes quitarán las enredaderas", dijo Flor. "Muchas gracias", respondió Meloso. "Crecen de la noche a la mañana y me quedo atrapado en ellas todas las noches, entre estas flores gigantescas". Ellos estaban tan contentos de que él estuviera bien. "Me llaman amarillo claro por mi piel".

*M*ientras tanto, Flor y sus ayudantes vieron al niño torbellino y a Abe, el mono, jugando en las enredaderas. Flor gritó: "¿Qué están haciendo ahí arriba?". "Estamos colgados, columpiándonos y jugando al escondite. ¡Estas enredaderas son muy divertidas!"

Luego se toparon con Ojos Saltones. Quien disfrutaba jugar y actuar como si las enredaderas fueran una pendiente resbaladiza. Se estaba resbalando y deslizando.

Todos los animales estaban emocionados de ver el arcoíris. Fue difícil encontrarlos a todos, pero pudieron ver a algunos de sus amigos que estaban escondidos y jugando en el arcoíris.

*H*abía muchas enredaderas en el camino, así que Flor y sus ayudantes se acercaron a ellas. Vieron a una oruga llamada Azul, él estaba subiendo para ver el arcoíris

De repente, escuchamos al Sol gritarle a Azul. "Hola allá arriba", dijo el Sol, "por favor apúrate. Quiero ver el arcoíris. Me estoy elevando, así que por favor sigue moviéndote." "Está bien, está bien", gritó la oruga azul. "Ya casi estoy allí."

Mientras él subía, vio las palomas danzarinas balanceándose entre las enredaderas. ¡¡¡¡¡Qué vista!!!!!

*E*n el bosque encantado había un arcoíris a diario.

Todos agitaban frenéticamente sus alas. ¡Estaban tan emocionados de ver el ARCO IRIS!

Hubo un torbellino de alegría. Los pájaros cantaban de emoción al ver todos los colores del arco iris.

Un gran pájaro, Delantero, asomando la cabeza por el arcoíris, miraba al otro sol, fijando la vista en él. Ahora el arcoíris se estaba volviendo más y más brillante. Más animales venían a ver el arcoíris.

*T*odos querían columpiarse en el más hermoso arcoíris nunca antes visto!!!

El pájaro loco estaba tratando de morder una burbuja mientras miraba al Sr. murciélago. "Oye, deja que los demás también se diviertan. Comparte el arcoíris", dijo el Sr. murciélago.

*M*iraron hacia arriba y vieron los arcoíris que se deslizaron hacia abajo, hacia el suelo, para permitir que otras flores, insectos y humanos disfrutaran del festival de colores en el arco iris.

RECUERDA, todos debemos tratar de llevarnos bien mutuamente.

Una lección aprendida, cuando conoces a alguien a lo largo de tus viajes, amigos que has conocido. Debes ser siempre educado y cortés. Ayudar a tus amigos siempre te hará sentir bien, ¡y ellos también te lo agradecerán!

Nunca se sabe cuándo en la vida se puede encontrar con un evento o un fenómeno que es realmente maravilloso de observar, como UN ARCOÍRIS.

Cuando mires la Alfombra Encantada, ¿qué verás?

¿Algunos personajes están escondidos?

¿Puedes encontrar los personajes faltantes que no se mencionan en mi historia?

Puedes escribir sobre ellos, darles un nombre e imaginar a los desconocidos en tu propia historia.

Aquí hay algunos datos divertidos sobre los arcoíris:

¿Sabías que existen diferentes tipos de arcoíris?

1. Un arco iris de niebla es un tipo de arcoíris que ocurre cuando la niebla o una nube pequeña experimenta la luz del sol a través de ellas. Los colores suelen ser blanco, azul y rojo.

2. Los arcos lunares, o arcoíris lunares, generalmente están formados por pequeñas gotas de agua, a menudo de una nube de lluvia o una cascada.

3. ¿Cuáles son los siete colores del arcoíris? El espectro en orden contiene, rojo, naranja, amarillo, verde, azul, índigo y violeta.

4. Un arcoíris tiene que tener lluvia y luz. Las gotas de lluvia y el sol tienen que salir. Esto ocurre cuando la luz golpea las gotas de agua con luz blanca, creando los colores del arco iris. La mayoría de los arcoíris tienen un arco en el cielo.

Así que cuando veas un arcoíris recuerda, es un espectáculo de luz blanca que cambia tus ojos y crea un ilusión óptica a través del espectro de colores.

Espero que hayas disfrutado de él
"Bosque encantado"
y que hayas aprendido datos sobre los arcoíris.

Printed in the United States
by Baker & Taylor Publisher Services